ISABEL'S

POEMAS DEL CORAZÓN

ISABEL'S

POEMAS DEL CORAZÓN

Portada por Rommy Ángel

© 2010, Isabel Cristina Aguilera

ISBN13: 978-0-9842033-3-8

ISBN 10: 0-9842033-3-8

Impreso en USA

Publicado por: www.dharservices.com

A mis queridos padres,

a mis hijos y sus bellas esposas, a mis nietos,

mi hermana y amigos,

les dedico estos poemas con sincero sentimiento de amor, cariño y amistad.

NOTA ESPECIAL

Este libro es obra de nuestra madre, cuando ella llegó de Cuba en el año 1996 al empezar una nueva vida, los cambios le generaron una profunda tristeza y para sosegarla, ella comenzó a escribir sus poemas, luego los tiró en una gaveta y allí quedaron abandonados.

Nosotros tomamos la decisión de hacerle este libro como regalo de cumpleaños, para que vea realizado el sueño que todo poeta anhela «un libro publicado».

Felicidades mami, estamos muy orgullosos de ti.

Tus hijos

Juan Enrique y Jorge Luis,

quienes te amamos profundamente.

Gracias por ser nuestra Madre

ÍNDICE

..

EL NIÑO Y LA ROSA

En un jardín muy bonito
de una fastuosa mansión,
al amanecer el día
una rosa allí salió.

Un niño la contemplaba
con infinito placer,
él la quería para su mamita
que murió al amancecer.

Sus manitas tan pequeñas
la querían acariciar
y le pedía al jardinero
se la dejara tomar.

Porque él quería que mamita
la pudiera contemplar
¡jardinero por favor,
déjame la rosa llevar!

para ver si mamita
se quisiera despertar.
Aquel noble jardinero
sintió infinito dolor.

Lentamente al rosal se encaminó,
con lágrimas en los ojos la rosa él le cortó
y en sus manitas pequeñas
allí las depositó.

El niño salió corriendo
y el jardinero lloró, lloró mucho el jardinero,
con el niño recordó cuando él era muy pequeño
y a su mamita perdió.

NO SABES LO QUE ES EL AMOR

Me enamoré de un imposible
nunca debí de amarte así,
es tiempo ya de que le preguntes
a tu corazón ¿qué sientes por mi?

Yo a ti te amo con locura infinita,
tu a mi me quieres y nada más.
Extraño es que tú no comprendas
que amar no es querer,
amar es tan distinto,
amar es darlo todo.

Amar es entregarse sin penas ni razones
y tú me preguntas
¿qué si yo te amo?
Te amo con locura,
te amo como amar a Dios.
Pero tú, tú no te has dado cuenta,
tú no me amas,
tú no sabes lo que es el amor...

UN ADIOS

Después que te entregué mi corazón,
después que te entregue toda mi vida,
ahora me dejas sin razón,
me dejas con el alma herida.
No sé como podré soportar este dolor,
no sé que voy a hacer
sin tus besos, sin tu amor.

Después que te entregué el alma mía,
después que me jurabas tanto amor,
ahora me dejas
sin decirme ni siquiera adios.
Adios, adios, adios, adios,
aunque fuera, merecía un adios,
merecia un adios
a cambio del amor.
De tanto amor que un día te di yo
amor, amor,
merecía un adios
por tanto amor que un día te di yo.

TE JURO

Te juro que a nadie
quise nunca como a ti.
Te juro que nunca amé
como te amé a ti.

Te juro que nunca
me olvidaré de ti,
te juro que las noches
serán mucho más oscuras
y que el sol para mi
no alumbrará.

Te juro que no podré
dejar de amarte,
pero la vida lo quizo así.
Yo sé
que tengo que olvidarte.

QUISIERA OLVIDARTE

No quisiera quererte,
pero te quiero.
No quisiera adorarte,
pero te adoro.

Quisiera desprenderme
del amor que te tengo,
quisiera olvidarme
de que estás ahí.

Pero por más que quiero,
el corazón no entiende
que tú no me mereces,
que me haces sufrir.

No quisiera amarte,
pero te amo tanto.
Que es imposible
la vida sin ti.

DIOS

Caminando, caminando
me llegue hasta la montaña,
desde su cima pude ver
la inmensidad de mi ciudad.
Que ciudad tan bonita,
es la ciudad mía,
llena de bullicios
de noche y de día.

Desde la montaña puedo ver
más bonito el mar,
desde allí puedo alcanzar
una estrella y jugar.

Como me gusta llegar a la cima
de esa montaña,
poder pensar,
pienso en las cosas bonitas,
las cosas bonitas que me regaló Dios.

¡Oh Dios! mi diosito querido,
aquí me siento más cerca de ti.
Por eso me gusta subir a la cima
de esa montaña.

Allí me siento feliz, muy feliz.
Cerquita de Dios¡oh Dios! mi Dios,
aquí me siento feliz, muy feliz.

SUEÑOS

Eres como el mar sereno,
eres remanso de paz,
eres el hombre divino,
eres el hombre ideal.

Sé que estás lejos, muy lejos,
imposible de alcanzar.
Tengo que conformarme
con esperar a las noches,
para en ti poder soñar.

Para soñar con tus besos,
para soñar con tu sexo,
para soñar que nos amamos
allí a la orilla del mar.

Sueño toda la noche,
despierto y vuelvo a soñar
que eres el hombre imposible,
imposible de alcanzar.

CUARTO DE HOTEL

Dime en que hotel te quedaste,
dime en que cuarto dormiste,
dime como fue esa noche
y si de mi te acordaste.

Dime si fue el mismo de antaño,
cuéntame si sentiste mi olor,
dime si me viste en las noches
bajo tu cobija y en cada rincón.

Cuéntamelo, cuéntamelo todo.
Cuéntamelo,
no lo ocultes más.
Si la quieres a ella,
tendré que conformarme.

Al cuarto de ese hotel
no volveré jamas.
Cuéntamelo,
cuéntamelo todo.

NO PODRÉ

Aunque quisiera
sacarte de mi piel,
aunque quisiera arrancarte
de mi corazón.

Aunque quisiera borrar
uno a uno tus besos,
aunque quisiera odiarte
sé que no podré,
no podré dejar de amarte

Jamás dejaré de soñarte
porque estás en mi alma.
Porque estás en mi,
en cada pedazo de mi piel.

Cada sonrisa,
cada suspiro,
cada latido de mi corazón,
todo, todo me lleva a ti.

Cada vez que veo el amanecer,
el sol, la brisa,
el trinar de los pájaros,
todo me lleva a ti.

Como soplo de brisa
para recordarte,
para soñarte,
siento tu olor, siento tus besos,
siento el calor de tus manos
recorriendo mi cuerpo.

Todo me lleva a recordarte,
el corazón está lleno de tus recuerdos
y aunque pasen muchos años,
no podré dejar de amarte.

NO TE DEJARÉ DE AMAR

Aunque el mundo se oponga,
aunque las estrellas
pierdan su fulgor,
aunque el sol deje de salir
y la luna pierda su color.

Aunque el mar deje de ser mar,
aunque el viento deje de soplar,
aunque las noches sean más oscuras
y el aire no pueda respirar.

Aunque eso pase y más,
nuestro amor será divino.
Será un amor sin igual,
aunque todo eso llegara a pasar,
nunca te dejaré de amar.

AMANECER

Hoy vi el amanecer
tan triste ante mis ojos,
hoy por primera vez
no te pude ver,
saciando mis antojos.

Hoy me sentí desfallecer
ante tan gran vacío,
hoy deseé tanto tener,
tus besos amor mío.

Hoy te quise hacer volver
de ese mundo en que ahora estás,
hoy te quiero hacer saber
que junto a mi pecho,
aunque estés lejos
vivirás.

TÚ, MI MUSA

Me gusta cantar cuando estoy triste,
me gusta componer
cuando pienso en ti.
Eres mi musa,
eres mi inspiración.

Si algún día triunfara,
te lo debo a ti.
Me inspiro en la tristeza
de la separación.

Me inspiro porque duele,
duele mi corazón.
Duele la falta de tus besos,
duele la falta de tu amor.

Como duele,
como duele este amor.
Como duele,
como duele el corazón.

Me engañaste,
me dejaste,
no me importa.
Me queda la inspiración,
con ella voy a recordarte,
con ella no podré olvidarte.

Con ella y mi amor,
nunca dejaré de amarte.
Como duele,
como duele este amor.
Como duele,
como duele el corazón.

NUNCA TE OLVIDARÉ

No te olvidaré jamás,
siempre te recordaré.
Eres como un sueño vida,
nunca te olvidaré,
fui feliz.

Día tras día
en tus brazos me estreché,
aunque hoy no esté contigo
siempre te recordaré.

Te juro vida mía,
nunca te olvidaré.
Te juro vida mía,
siempre recordaré.
Tus caricias y tus besos,
que sembraste quí en mi piel.

TEMORES

Yo se que tú le temes a la gente.
Yo se que tú le temes al que dirán,
pero sabes...
Yo también le temo un poco
más que nada,
a que me vaya a enamorar.

Quizas me tengas y te tenga,
quizas no pase nada entre los dos,
quizas sólo sea un capricho,
un capricho
que me nubla la razón.

Deseo más que nada adorarte,
deseo embriagarme de tu olor,
deseo llenarme de tus besos,
de tus besos,
que son toda una obsesión.

Yo se que tú le temes a la gente,
yo se que tu le temes
al que dirán...
¿Lograrán ellos, más que yo?

MI AMOR

Mi amor, recibe este ramo de rosas
que te envío
con todo mi corazón.
Bien se yo, que él es pequeño
ante tu gran belleza,
su aroma se empequeñese.

A tu lado todos los olores se pierden
para darle vida a tu delicioso olor,
olor natural como tu misma,
olor que deleita.

Por que tu olor es suave,
tan suave como las flores silvestres,
mojadas con el rocío
del amanecer.
Te amo...

ERES

Eres especial desbordante
en tu excelente andar por la vida,
como mujer eres maravillosa,
eres un prodigio de mujer.

Estoy seguro que ni esta tarjeta,
ni estas rosas, por más que su belleza sea sublime
podrán opacar ni por un segundo,
tu belleza natural.

Eres mujer,
la más bella flor
del más grande jardín,
tuyo siempre.

CON QUIÉN ESTÁS

Con quién estás hoy
vida de mi vida.
Con quién estás hoy
mi vida, mi amor.

Dime con quién andas,
dime que tu haces,
y si ya te olvidaste
de este gran amor.

Dime si ella logra
que no me recuerdes,
dime si sus besos, te hacen olvidar.

El sueño divino
que tú y yo vivimos,
los momentos dulces
de felicidad.

Aunque vayas lejos,
aunque estés con otras,
mis besos y mi
aliento te perseguirán.

Seré en tu pasado
la mujer divina,
la mujer que te hizo
soñar y temblar.

ESPERARÉ

Esperaré a que caiga la noche,
esperaré a que apagues la luz,
no quiero ver en tus ojos
reproches.

Yo sé muy bien
como te sientes tú.
Perdóname,
por favor te lo pido.

Perdóname,
no ves que fue un desliz.
Perdóname,
de veras yo te juro
que sin ti yo no podría vivir.

Perdóname, te juro que para amarte viviré.
Perdóname, esta será la última vez.
Perdóname, perdóname,
te juro que para amarte viviré.

MIS LÁGRIMAS

Mis lágrimas contuve
ahogadas entre suspiros,
cuando pensando en ti estuve
al marcharme en debil giro.

Mis lágrimas supe guardar
en el fondo de mi pecho,
sé lo mucho que sufriré
saboreando mis dolores.

Nunca te lo diré,
mis penas yo guardaré,
tras tus besos deliciosos
porque te suelo amar,
con mi corazón ansioso.

TENGO QUE OLVIDARTE

Tengo que olvidarte
ese es mi castigo,
de mi ser nada puedo darte
aunque en mis días,
para ti vivo.

Tengo que olvidarte
ese es mi destino,
mis labios no pueden besarte
porque nunca estarás en mis caminos.

Tengo que olvidarte
aunque sonando yo viva contigo,
no pueden mis brazos abrazarte,
morirá de pena mi corazón herido.

Tengo que olvidarte,
alejarte de mi ser,
procuraré no recordarte
aunque llegue a enloquecer.

TE BUSCABA

Te buscaba en el viento,
en otras miradas,
en los atardeceres,
en las noches estrelladas
hablaba contigo,
aún sin conocerte.

Le decía a tus ojos
cuanto yo te amaba,
me miraba al espejo
y por ti sonreía.

Suspiraba de amor cada mañana,
cuando caía la tarde
con mis besos te esperaba,
dónde estabas... aún no lo sabía

Pero sabía que en un lugar estabas,
como yo te soñaba,
como yo te deseaba.

Como a Dios le pedía,
que un día te encontrará.

Llegaste a mi vida
casi sin darme cuenta,
con tan pocos cariños,
con tan pocos besos,
es más, casi sin nada
eras tú, eras tú
él que esperaba.

Fue tan corto el tiempo
que ahora no recuerdo,
si te tuve en mi cama,
sólo fue un sueño.

Sueño que truncó
el amor que soñaba,
despertar fue tan triste
cuando me di cuenta,
es sueno más que nada.

EL DESPERTAR

Que triste fue el despertar
sin contar con tu presencia,
amor mío nunca te podré olvidar,
no me acostumbraré a tu ausencia.

Duele tanto recordar
el día que te fuiste de mi lado,
cuan amargo es que un ser amado,
se vaya sin avisar.

Nunca supe apreciar
que algún día partirías.
Nunca pense que te irías para ya no regresar,
jamás pensé penetrar en casa y
no encontrarte.

Nunca pensé que al marcharte
no te podria besar.
Recuerdo que al entrar
en aquella morgue tan fría,
al encontrarte sin vida
tan sólo supe llorar.

No me pude ni acercar
en ese momento triste.
Queriendo...
a tu cuerpo dar la vida,
que en ti ya no existía.

A veces te suelo llamar,
sin recordar que no existes.
Se me olvida que te fuiste,
que no te volveré a escuchar.

No me podré acostumbrar
a la idea de no verte,
siempre tendré que quererte,
siempre te voy a esperar.

HOMBRE CASADO

En la oscuridad de mi cuarto,
en el frío de mi lecho
tiemblo, tiemblo,
pensando que compartes
tu cuerpo desnudo con otra mujer.

Me arropo, me inclino,
te siento, te imagino,
ya te veo a mi lado
sonriente y feliz,
nunca te habia dicho
que no he amado,
de esta forma loca jamás.

Me pregunto
¿por qué de un hombre casado,
que no puede ser mío?
Ni hoy, ni mañana,
ni nunca quizas.

DICEN

Dicen que esa es mi mamá,
aquella la que me crió.
Haber diosito querido,
cómo comparto este amor.

Dicen que era muy pequeña
cuando mamita enfermó,
en los brazos de una amiga,
allí ella me dejó.

Dicen que se fue llorando
triste y con gran dolor,
rogándole al infinito,
rogándole al gran Señor.

No permitas que me muera.
No quiero morirme ya.
Si me devuelves la vida
que lentamente se va.

Yo te juro mi diosito,
nunca sabrá la verdad.
Para el mundo y para ella,
esa será su mamá.

NO TODO EN LA VIDA ES RISA

No todo en la vida es risa,
también existe el llanto.
Se va el suspiro
junto a la brisa,
mientras sopla el viento
un tanto.

No todo es color de rosa,
también existen espinas.
Es lindo tener un alma amorosa
que entrega las caricias más finas.
No siempre hay alegrías
en un corazón enamorado,
existen las penas sombrías
a causa de un ser amado.

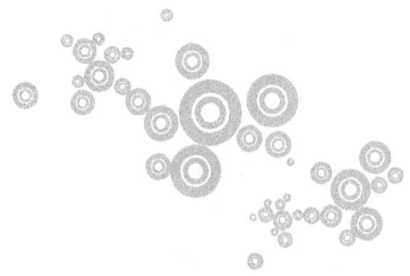

MUERO

Muero por besar tus labios,
los labios que en un susurro
sin pronunciar me llaman.

Muero por tener tu piel,
aquí en mi piel entre mis sábanas.
Muero por un amanecer,
viendo tus labios provocar pasiones.

Muero por sentirte a ti
fundido en mi cuerpo y no a la distancia.
Muero porque me tomes,
con caricias desvelas mi alma.

Muero porque alli sin verte,
tus labios tersos desboquen mi calma.
Muero pensando en tus labios,
pensando en tu cuerpo,
soñando tu piel.
Muero, muero por poderte ver.

LAS NUBES LLORAN

Hasta las nubes lloran
cuando ven mi dolor,
sólo ellas y Dios saben
cuanto te amo yo.

Que paso noches llorando,
que me ahogo de dolor.
No pensé quererte tanto
¡ay que grande es este amor!
Si pudiera yo sacarte,
de aquí de mi corazón.

Tan veloz como las nubes,
cambian siempre de estación.
Cuando ellas me vean llorando,
llorarán por mi dolor.
Porque sólo a ellas les cuento
cuan inmenso es este amor.

ME GUSTA

Me gustas,
como me gusta el amanecer.
Eres el hombre que desea toda mujer,
me gustas.

Me gustan tus ojos negros,
me gusta el color de tu piel.
Me gustan tus labios,
sedientos de placer.

Me gustas,
me gusta escuchar tu voz.
Me gusta tenerte cerca,
se acerva mi gran pasión.

Diera toda mi vida,
diera todo mi ser
por refugiarme en tus brazos,
mirar como cae la noche.

Refugiarnos en las estrellas
y ver el amanecer,
me gustas,
como me gustas.

ESTOY FELIZ

Estoy feliz,
que casi pudiera decirte
que si extiendo mis manos
puedo alcanzar las estrellas,
la luna y el sol.

A las estrellas les diré
que me gustas,
a la luna le contaré
que te quiero.

Y al sol le confesaré
que te amo,
que te amo
con todas las fuerzas de mi corazón.

YO TE AMABA

Yo te amaba tanto,
eras mi ilusión.
Eras como un sueño de mi corazón,
soñaba con verte hacerme el amor.

Con tus besos suaves que eran mi pasión,
eras tu mi vida.
Eras mi alma en flor,
eras mi caricia, eras todo amor.
Era tu amiga, era tu mujer.

No era tu señora, pero te di placer.
Eras sólo eso,
un sueño de amor,
un sueño de vida.

Eras mi alma en flor.
Eras todo eso, pero se acabó.
Terminó el sueño,
terminó la vida, se murió la flor.

DOLOR

Nunca senti un dolor
como el que estoy sintiendo.
Nunca pensé que un amor
doliera de esa manera.
De esta forma que me duele
nunca nadie me dolió.
Pero como duele ahora.
como duele este amor...

Y pensar que fuiste mío
y te perdi por error.
Porque nunca me di cuenta
de lo inmenso de este amor...

Ahora se cuanto te quise,
cuanto te quise y te quiero.
Apenas hoy me doy cuenta
que de este dolor me muero.
Apenas hoy me doy cuenta
que de este amor me muero.

LAMENTO

Amor, amor mío,
amor del corazón.
Amor que suena triste
porque sólo tengo,
el recuerdo de esta canción.

Cuantas canciones escribí para ti
cuando me amabas.
Ahora recuerdo
cuando te vi partir
cuando me dejabas,
con el alma destrozada.

Tú te fuiste como el viento
y sólo supe llorar.
Y ahora en el corazón siento
un dolor que es un lamento,
un lamento que me grita
ya lo tienes que olvidar,
ya lo tienes que olvidar.

SI TE ACUERDAS

Si te acuerdas de mi
cuando te encuentres a solas,
piensa que algo
en tu vida fui.

Pasarán así las horas,
mis besos recorrerán.
Todo tu cuerpo inerte,
mis caricias volverán
con un acento fuerte.

Si te acuerdas de aquel tiempo
en el que te di mi amor,
sentirás lo que siento
en este momento yo.

ME JURABAS AMOR

Tanto amor que me jurabas,
tantos besos que me dabas.
Cuando hacíamos el amor
me llorabas al oído,
me decías muy bajito
eres mi mujer, mi pasión.

Es tanto lo que te amo
que no puedo estar sin ti.
Yo necesito tenerte, quisiera verte y verte,
no separarme de ti.

Pero creer en los hombres,
que gran equivocación.
Hoy ya no quieres ni verme,
ya no quieres ni tenerme, ni quieres hacer el amor.

Tantas noches que en la cama
me llorabas al oído
cuando hacíamos el amor.
Tú me llenabas de besos,
te encendías de pasión.

Pero creer en los hombres,

que gran equivocación.
Hoy ya no quieres ni verme,
ya no quieres ni tenerme,
ni quieres hacer el amor.

AMANECER

Siempre al amanecer,
quisiera yo tenerte.
Siempre al amanecer,
diera mi vida por verte.
Siempre te veo en la noche,
cuando comienza a caer.

Pero apenas amanece
y ya no te vuelvo a ver,
porque no puedes amanecer
a mi lado, en mi lecho.

Yo quisiera descansar
mi cabeza en tu pecho.
Quisiera sentirte cerca,
que me llenaras de besos.
Quisiera ver el amanacer
contigo, aquí en mi lecho.

NO TE CONOCÍ

Cuando te conocí,
me enamoré locamente de ti.
Por ti sentía
un cariño santo,
un amor divino, una bella ilusión.

Cuando te conocí,
tu me llenaste de pasión.
Cuando te conocí,
el universo a mis pies se abrió.

De ti estaba locamente enamorada,
por ti estaba ilusionada.
Cuando te conocí,
¿sabes? te miré a los ojos
dije...
es para mi.

Tú me llenaste de ilusión,
tú me llenaste el corazón.
Cuando te conocí,
Creí...
que eras mi primer y último amor.

Pero ya vez, así es la vida.
Tanto que te amé
y hoy
tú me olvidas.

Cuando te conocí,
te amé con locura.
Cuando te conocí,
te entregué mi ternura,

Pero…
que le voy a hacer
hoy te vas y me dejas,
no te conocí.

YA NO HAY NINGÚN MAÑANA

Ya no hay ningún mañana,
ya no hay ningún después,
ya me cansé de esperarte.

Ahora al fin te olvidaré,
lo que quiero es olvidarte,
no quiero volverte a ver.

Ya no hay ningún mañana,
ya no hay ningún después,
ya me cansé de esperarte.

TANTAS PROMESAS

Tantas promesas, tantos desvelos,
noches enteras
acariciando mi cuerpo,
saboreando mis labios,
entrelazando tus dedos,
acariciando tu pelo.

Tantos sueños, tantas promesas,
noches enteras
en la cama, en la alfombra, en la mesa,
acariciando mi cuerpo
con tus labios, con tus dedos.

Recuerdas tantas promesas
tantas promesas, tantos desvelos.
Ya no recuerdas cuando me decías
eres mi vida, eres mi sueño, eres mi todo.
¿Dónde están las promesas?
¿Dónde están los sueños?
¿Dónde los desvelos?

QUIERO QUE SEAS FELIZ

Quiero que seas feliz en esta noche,
quiero que te dejes amar,
no tengas en tu mente
ningún reproche.
Devuélveme la alegría,
con tu dulce mirar.

Quiero que te refugies en mis brazos,
que sientas a mi alma conmovida.
Quiero estrecharte junto a mí,
con fuertes lazos,
unir a ti mi vida.

Quiero llenarte de besos santos,
caricias que te ofrezcan placer.
Quiero darte de mí un tanto,
que te convide a otra vez volver.

QUE TRISTE ES NO TENERTE

Que triste es la vida
vivida sin ti.
Son mis horas sufridas,
porque, te extraño a ti.

Que tristes son los sueños,
las ilusiones son perdidas.
Desaparecen los empeños
con el dolor de mis heridas.

Que tristes son las noches,
aunque sean las más hermosas.
Millones de reproches
acompañan mis frases amorosas.

Que triste es dormir
buscando tu presencia.
Cuan triste es sentir,
el dolor de tu ausencia.

RAÍCES DE AMOR

Como los árboles echan sus raíces
tú y yo echamos raíces.
Raíces de amor.
¿Sabes? cuando camino,
creo estar flotando.
Creo flotar entre pétalos de rosas.

Pétalos que me traen tu olor,
tu olor viril, tu olor de hombre.
Tu olor amado,
como quisiera yo
que caminaramos los dos,
entrelazados nuestros cuerpos.

Por un camino largo, que nos llevara lejos.
Hasta un nido pequeño, donde estuvieramos
tan sólo tú y yo.
Para decirte te quiero
y me dijieses: te amo mi amor.

CUANDO TE MIRO

Cuando te miro a la cara,
cuando te tengo presente,
cuando me miro en tus ojos
te siento yo, tan ausente.
Qué te pasa vida mía,
qué pasó con nuestro amor.

Dime, ¿qué te está pasando?
dímelo por favor.
No quiero seguir sufiendo,
no soporto este dolor.
No te engaño, yo te quiero,
tú eres mi vida, eres mi amor.

Pero, si ya no me quieres
las gracias doy al Señor.
Por lo feliz que me hiciste,
que me hiciste con tu amor.

JURO

Yo te juro por mi vida,
si es que aún yo tengo vida.
Yo te juro por mi alma,
si es que aún yo tengo alma.

Yo te juro por el sol que me calienta,
por el aire que acaricia mi piel sedienta.
Yo te juro por las horas de desvelo
que en un tiempo por ti, casi me muero.

Pero hoy yo te juro, yo te juro ahora,
aunque yo me muera
te llegó tu hora.
Me quedé sin vida,
me quedé sin alma.

Ya ni el sol calienta a mi piel sedienta.
Ya no tengo vida,
ya no tengo alma,
todo se acabó, ya perdí la calma

ESTOY TAN SÓLA

Cuando me acuesto busco mi lado,
siento que tan sóla estoy.
La cama vacía, el cuarto tan sólo.
Qué he hecho de mi vida,
ya no tengo amor.
Creía en tus besos,
todo era mentira, eres mentiroso.

¡Ay que decepción!
siempre me decías.
Eres tú mi vida,
eres tú mi vida y mi adoración.
No hay un sólo día
de esta vida ingrata.
Que no le hagas heridas, a este corazón.

Eres mentiroso,
maldito... no te quiero.
Te juro que te saco de mi corazón.

AMOR

Son tantas y tantas las cosas que quisiera decirte,
que no encuentro la frase apropiada.
Ni creo que exista el suficiente papel
para plasmar en él, todo lo que deseo.
Estoy segura que la noche será corta, para escribir
para ti.

Es tanto y tanto lo que quiero que tu sepas,
que ni esta noche, ni mil noches me alcanzarán.
Necesito todo el tiempo que me queda por vivir,
el que viví y el que no viviré.

Todo ese tiempo junto no será suficiente para
decirte
todo lo que mi corazón encierra.
Todo lo que te deseo,
todo lo que te quiero,
todo lo que te amo.

Quiero que sepas, que si no te veo
mis ojos no brillan.
Que si no te escucho,
no puedo reír.
Que si no te siento, creo morir.

Y como no tengo el tiempo suficiente,
termino con una frase,
una frase que encierra todo lo que quiero que tu
sepas,
"te amo mi amor".

TERMINÓ EL AMOR

Aunque muera de dolor,
aunque parezca que nada existe a mi alrededor.
aunque las estrellas pierdan su fulgor,
aunque eso pase, todo terminó.

Terminó el amor tan bonito
que vivimos los dos.
Terminó el hechizo, terminó la magia,
todo se acabó

De qué vale tratar de aferrarse
a un amor que sólo ocasiona dolor.
Por eso te digo desde el fondo de mi corazón,
aunque muera de dolor.

Todo terminó.
Terminó el hechizo,
terminó la magia, terminó el amor,
todo se acabó.

TE JURO POR DIOS

Te juro por el Dios que me ilumina,
te juro por el aire que respiro,
que te saco de mi vida
¡porque sí!

Yo te juro por mis ojos
que te miran,
por mis manos que acarician,
por mis labios que te besan.

Yo te juro por mi alma,
por mi vida,
que te saco de mi entraña
¡porque sí!

Te entregué mi corazón,
te entregué toda mi vida,
la rompiste en mil pedazos
sin pensar en mi dolor.

Jugaste con mis fragmentos
hasta saciar tu pasión
y a la vez que te cansaste,
lo tiraste y terminó.

Terminó tu amor cansado,
terminó tu devoción,
terminaron tus promesas,
el amor se te acabó.

Por el Dios que me ilumina
yo te juro,
que te saco de mi vida
¡porque sí!

DISFRUTAMOS

Disfruto cuando hacemos el amor,
Aún... así amor a la distancia.
Pero amor,
tu acariciando mis oídos,
con frases que agitan
los latidos de mi corazón.

Cuando acariciando mis cabellos,
nos adentramos en un mundo de pasión
repiquetean en nuestros cuerpos
campanas de fantasía.
Sentimos, disfrutamos.

Y el amor en la distancia,
nada impide
para que sintamos las caricias,
para sentir la piel,
ardiente de placer.

Entre suspiros y gemidos
damos rienda suelta al amor.
Entre sábanas blancas
sentimos nuestros cuerpos
como batallan por el clímax y el placer.

Dando vueltas en el lecho
disfrutamos el sabor,
que queda en nuestros cuerpos
cuando hacemos el amor.
Amor en la distancia,pero amor

LA FELICIDAD

Que dirá la gente
cuando nos vean pasar,
cogidos de las manos
y riendo sin cesar.

Pensarán
que felices se ven,
nunca se preguntarán
¿qué caminos tendrían que andar?
para llegar hoy donde están.

Parecen salidos de un libro
de cuentos de hadas,
quizas la princesa dormida
que su principe vino a despertar

Pero ellos felices
no miran hacia atrás,
sólo miran su camino
lleno de felicidad.

Realizan planes juntos,
piensan en su futuro.

¿Qué dira la gente?
Eso que puede importar,
lo que importa ahora
es su felicidad.

EL AMOR QUE SOÑABA

Entre paredes de distintos colores
me relajo después de haber soñado,
que ya me había entregado.

Que en tus brazos el amor había vivido
de caricias estaba ya saceada,
que tus besos
sellaban a mis labios
entre nubes de tules en mi alcoba.

Sentía que eras tierno,
dulce, afable como nada.
Sentía que me amabas,
que ya no me olvidabas,
no podías olvidar...

Tanto amor que vivimos,
besos, caricias...
entre nubes de sueños y deseos.
El amor que con tus besos lo saceaba,

Las paredes brillaban,
la risa contagiaba,
las sábanas caían,

tú y yo como locos
un amor sellabamos,
era cierto, el amor más bonito
que jamás yo soñaba...

MI NOCHE

Es una noche bonita,
las once marca el reloj.
Contemplo por la ventana la luna en su dimensión,
las estrellas, los luceros,
traen recuerdos de tu amor.
El aire que me acaricia,
me llena de tu sabor.

Es una noche bonita, las once marca el reloj.
Aquí frente a mi ventana,
te dedico una oración.
Le estoy rogando a la Virgen,
le estoy rogando al Señor
nos permita,
por siempre disfrutar de nuestro amor.

PARTIDA

Un día triste de mayo,
cuando de Cuba salí.
Sentí un dolor tan profundo,
creí que iba a morir.
De mis amigos queridos,
me tuve que despedir.

Entre risas y llantos ellos me decian así:
oye, tú te vas
como el viento a otro lugar.
Pero tus amigos no te vamos a olvidar,
yo no me olvido de ellos,
como los voy a olvidar.

Tampoco olvido mi tierra, esa mi patria natal.
Esa mi tierra querida, esa mi tierra oriental.
Esa tierra no la olvido, nunca la voy a olvidar.

Allá dejé a mis amigos,
allá dejé mi pasión.
Allá dejé yo mi vida, dejé mi corazón.
Cada día, cada instante al viento le digo yo
oye, si pasas por Cuba recoje mi corazon.

HOLA AMOR

Hola amor, empezaré por decirte
que hoy tuve un día muy cansado,
pero espiritualmente pensé mucho en ti.
En los bellos momentos que pasamos,
en más de una ocasión.

Recuerdas el mar, los hoteles tan bonitos,
todas las cosas lindas que nos dijimos
que yo no olvidaré,
se que tú tampoco olvidarás.
Que aunque nos separe una distancia insalvable,
nunca olvidaremos el amor que nos tuvimos.
Y que aún a pesar de todo, lo sentimos vivo,
como el primer día de nuestro encuentro.
Sé que es difícil,
aún más dificíl cuando nos queremos tanto.

Nos queremos locamente,
pero la separación es necesaria,
por el bien tuyo y el mío.
Sé que de principio no querrás aceptarlo,
pero al final comprenderás,
que como siempre tengo la razón.

Un día quizas, no será hoy ni mañana,
pero un día cualquiera será,
terminarás por darme las gracias
y me diras como siempre, tenías la razón,
gracias mi amor.

QUISIERA DECIRTE

Quisiera decirte tantas cosas,
pero en realidad
no se por donde empezar.
Quisiera decirte que te amo tanto,
que eres en mi vida alguien especial.

Eres la luz que ilumina mi vida.
En las noches tristes de mi soledad,
eres la brújula de mi corazón,
que guía mi barco en medio del mar.
Eres el sol que iluminas mis días,
eres lindo, sólo eso,
papá.

EL HOMBRE DE MI VIDA

Eres el hombre de mi vida,
eres el hombre, el hombre para amar.
Eres el hombre que me da los sueños,
los sueños divinos, no te puedo olvidar.

Vivo soñando, soñando con tus besos.
Sueño el momento en que te vuelva a ver.
De que me tengas desnuda entre tus brazos,
con tus labios recorras mi piel.

Eres el hombre, el hombre de mi vida.
Hoy te juro, quiero volverte a ver.
Quiero tenerte de nuevo aquí a mi lado,
para entregarte todo mi querer.

Quiero que me beses una y mil veces,
mi cuerpo ardiente, ardiente de placer.
Despertar y no seguir soñando
y saber que tengo, que tengo tu querer.

EL GRAN AMOR

La vida que linda es,
que linda es la vida.
Si quieres ser feliz "ama",
ama las cosa bellas.

Cuando se ama
todo es maravilloso,
se puede dar amor,
mucho amor.

Y cuando lo recibes
todo es color de rosas,
flores, luz, agua, metal
¡oh! que maravilla.

El cielo, cuán lindo se ve
el cielo, transparente como tu alma.
Dulce como tus labios,
claro como tus ojos.

Caminas y no ves lo largo del camino.
Sueñas despierta,
te sientas en tu lecho
y crees tener a tu amado.

Buscas a tu lado, en tu almohada,
un suspiro entre corto y sollozante.
Cuanto dieras por tenerle,
por quererle, por amarle.

Si le oyes llamarte,
sientes como toda tú
se va en un soplo de brisa,
en una nube blanca.

Vuelas, vuelas y luego te das cuenta
que estás en el lugar de siempre.
Pero que tristeza
cuando se sabe
aunque no lo quieras ver,
que tu dulce amor,

la vida que soñaste compartir,
se te escapa.
No, no por falta de amor,
quizas por cobardia,
tal vez un error,
a lo mejor perjuicios,
tal vez temor al que dirán.

Pero...la vida que linda es,
que linda es cuando se ama

¿Qué piensas tú mi amor?

Mi amor eres tú.
Y aunque todo sea difícil,
aunque todos se opongan,
aunque no pueda verte, ni oirte, ni hablarte;
seras, hoy, mañana y siempre,
el gran amor de mi vida.

TRISTEZA

Tengo tristeza
que esta acabando con mi vida.
Tengo tristeza porque sé
que no me quieres lo suficiente,
para acabar con mi tristeza.

Tengo tristeza,
tristeza que no la apaga
ni el aire, ni la musica, ni el viento,
tengo tristeza.
Sólo tú puedes mitigar el dolor de mi tristeza.

Pero claro tu ni en mí piensas
por eso estoy segura, segura estoy...
que al final del camino morire

morire con mi tristeza
pero tú
ni cuenta te daras que estoy muerta
porque no me quisiste lo suficiente
para mitigar el dolor de mi tristeza.

DIOS TE REGALA

Dios te regala las cosas
más bonitas de la vida.
Aprovecha tu momento,
quizas no pueda volver.

Tenemos momentos
en que solemos decir
Dios, diosito querido
dame una luz,
dame un poco de felicidad,
un poco de amor.

Te has detenido para pensar,
que Dios es amor,
que él te llena de felicidad,
todos los días de tu vida.

Al levantarte abres tu ventana a
ver la luz del sol,
respirar el aire puro,
aire fresco del amanecer.

Escuchar una voz
que te dice mamá.

ver una sonrisa, unos brasitos
extendidos en busca de amor.

Sentir el calor de una carita
pegada a la tuya,
en señal de amor.
Ese es Dios, mi diosito querido,
que toda esa felicidad me regaló.

LA MORTAL

Como una mortal
llorando las penas,
sin poder siquiera
pensar que pasó.

Me quedé llorando,
llorando mis penas.
Con vestido nuevo,
ya por estrenar.

Las joyas en la cama
que repiqueteaban,
por qué cuál sería
la que iría a ocupar.

Para adornar mi pelo,
para adornar mi pecho.
Y con que tristeza,
las tuve que guardar.

Los zapatos altos allí
en un rincón,
no alcancé a ponerlos,

allí quedarán.

Mi vida desecha
como en mil pedazos,
rompiste sin penas
a mi corazón.

Tal me parecía
que lo disfrutabas,
cuando yo llorando
pedí alguna explicación.

No tenías palabras,
ningún argumento.
Sólo balbuceabas
frases sin control.

Que no te quería,
que no me quisiste,
que importa cual fuera,
no más la razón.

Lo que importa ahora,
es que me dejaste
con el alma rota,
roto el corazón.

MI JARDÍN

Como las flores engalanan los jardines,
así con tus palabras
tan románticas, tan bellas,
engalanas todo mi sentir.

No hay flores en ningún jardín
que alegren mi corazón,
con tus hermosas palabras
y tus canciones de amor.

Yo te quiero
de una forma casi angelical,
yo te amo con locura,
ya no lo puedo negar.

Pero tengo tanto miedo
que no me puedas amar,
porque eres mi jardín
y te quiero contemplar.

LUZ CLAMOROSA DEL VERSO

Hoy la luz clomorosa del verso
llueve sobre mi sueño infinito de amor,
sobre tus labios dulces
palpitan mis alocados besos.

Hoy la tristeza quiero evitar
para no hallar dolor.
Mi alma está repleta de emociones
y tus ojos de cielo,
se esconden entre mis nubes.

Murmuran tus labios frases,
enumerando como canciones
una a una mis virtudes.

En nuestro adentro el recuerdo,
esconde los deseos más intensos.
Nuestros corazones están de acuerdo
para vivir estas horas de amor tan intenso.

Hoy todo se llena de infinita calma,
hoy navegas sobre mi mar
y en el recodo tierno de mi alma,
conoces entre mis brazos lo que es amar.

SE ROMPERÍA EN PEDAZOS

Si te llegara a perder
en una noche sombría,
la tristeza harías volver,
a la alegre vida mía.

Se rompería en pedazos,
mi enamorado corazón.
Suplicaría un abrazo,
como último recuerdo de mi gran ilusión.

Al apagarse vería el fuego
intenso de mi pasión,
lágrimas correrían luego,
desde el fondo de mi corazón.

Bañaría de hastío
todo mi cuerpo y mi ser.
Se rompería en pedazos
el pobre corazón mio, podría perecer.

EL INVIERNO

Llega el invierno,
un invierno triste y gris.
Por mi ventana veo,
como la noche empieza a caer.

Para mi las noches son muy largas,
y son cortas a la vez.
Doy vueltas en mi lecho,
no puedo ni dormir.

Y pienso y pienso,
si tu amor y mi amor
serán reales alguna vez.
Y sin darme cuenta,
llega el amanecer.

Un amanecer tranquilo
con el trino de los pájaros,
revoloteando en el alero de mi ventana.

Las gotas de rocío
mojan la yerba verde del jardín.
Las flores con su belleza innata,
emanan dulces fragancias.

Ya pasó el invierno,
todo no fue más que un sueño,
en un invierno
triste y gris.

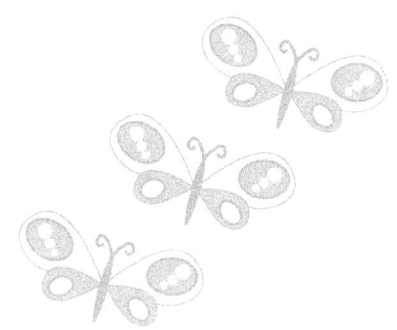

DÓNDE ESTARÁ

Que triste estoy,
no he sabido de mi amor.
Sólo tengo el recuerdo,
de haberle escuchado
la noche anterior.

¿Dónde estará?
navegando en el mar,
o quién sabe en que lugar...
¿Con quién andará?

No lo puedo precisar,
sólo tengo un recuerdo
de su amada y bien timbrada voz.
¿Cuánto tendré que esperar?
eso sólo lo sabe Dios.

MAMÁ

Cuatro letras, una frase.
Cuanta ternura encierra,
cuanto cariño, cuanto amor
sin limites te lo entrega.

Para ti, busca lo mejor.
Siempre te sonríe,
siempre te da su calor.
Para ella no hay barreras,
no hay prejuicio,
no hay color.

Siempre te ve como niño
y tu dolor es su dolor.
Siempre te colma de besos
y te llena de su amor.
Ese amor sólo lo da
esa gran mujer,
esa que nos dio el ser,
a la que llamamos mamá.

LAS HORAS

¿Por qué hay que esperar
para podernos ver?
¿Doce horas?, ¿veinticuatro?
¿Cuántas son?
para podernos amar.

Cuánto diera por un día,
un año entero
para poderte besar.
Dios mio, Señor
¿por qué tanta angustia?

Si todo lo que quiero
es poderte amar.
¿Por qué la vida es cruel,
si somos tan humildes?
si no tenemos nada,
que no sea amor para dar.

CUANDO

Cuando sueño con nuestro amor
y me adentro en mis recuerdos,
siento de tus besos su sabor,
de tus caricias yo me acuerdo.

Siento que estás a mi lado,
ofreciéndome tu pasión.
Siento mis labios amados,
por tu tierna expresión.

Una dulce ilusión
se apodera de mi pecho,
sintiendo el tararear
de una canción
sobre el mar de nuestro lecho.

AMANECER

Hoy vi el amanacer
tan triste ante mis ojos.
Hoy por vez primera,
no te pude ver
para saciar mis antojos.

Hoy me sentí desfallecer
ante tan gran vacío.
Hoy deseé tanto tener,
tus besos amor mío.

Hoy te quise hacer volver
de ese, en que ahoras estás.
Hoy te quiero hacer saber
que junto a mi pecho,
aunque estés lejos vivirás.

DULCE DOLOR

Que lindo es verte,
ya no puedo vivir sin tu voz.
No sé que me pasa,
pero si yo te oígo
no veo ni la luz del sol.

Todo parece distinto a mi alrededor.
La música me suena triste,
el aire me trae sin sabor,
la luna parece dormida
y las estrellas pierden su color.

¿Qué me pasa Señor?, ¿es amor?
No pensaba fuera tan dulce
y a la vez tan triste,
cargado de tanto dolor.

Pero se dice que el dolor
es muy dulce, muy dulce
cuando el dolor es de amar.

EL RETRATO DE MI ROSTRO

En tu pupila hermosa,
se retrata mi rostro.
En la estrellada noche silenciosa
donde reina la luna,
allá en el cielo hermoso.

Se me escapan
de mis entrañas las prosas,
los escritos de mis versos,
las frases amorosas.

Los besos que aprisionan
mis labios sedientos,
las caricias que apasionan
locuras que por ti siento.